なかよしドングリ

さなだ せつこ

東京図書出版

近《ちか》くにゴルフ場《じょう》があり、民家《みんか》が点々《てんてん》と散《ち》らばっている、のどかな森《もり》。

ここがぼくたちの住《す》みかです。

親友《しんゆう》のダイちゃんは、沖縄生《おきなわう》まれ。「オキナワウラジロガシ」という、日本一大《にほんいちおお》きな、ドングリです。

ぼくの名前《なまえ》は「チイ」、シラカシの樹《き》のこつぶなドングリです。

このドングリは なにかな??

①

（46ページに こたえがあるよ）

遊《あそ》びのはかせで、口数《くちかず》の少《すく》ないダイちゃん。おしゃべり好《ず》きなぼく。ふたりは、大《だい》のなかよしです。

大《おお》がらで　のっそりしている　ダイちゃんは、だれよりも、やさしくて、力持《ちからも》ち。おにごっこや、かくれんぼは、いつもみんなに　負《ま》けてしまいますが、森《もり》の中《なか》の人気者《にんきもの》です。

台風《たいふう》や、大雨《おおあめ》のときは、ぼくをしっかりだきかかえてくれるので、とばされる心配《しんぱい》はありません。

水《みず》たまりは、かた車《ぐるま》をして渡《わた》ってくれるので、雨上《あめあ》がりのたんけんだって、だいじょうぶ。

ぼくは、いつもダイちゃんに見守《みまも》られながら、この森《もり》で、安心《あんしん》して暮《く》らしています。

お天気《てんき》のよい日《ひ》は、小鳥《ことり》たちも、日《ひ》だまりに集《あつ》まり、おしゃべりしたり、合唱《がっしょう》したり、時《とき》には、ダンスをして、にぎやかに過《す》ごします。

夜《よる》は、ふたりで、まくらをならべて、最近《さいきん》のおもしろかった出来事《できごと》や、将来《しょうらい》の夢《ゆめ》を語《かた》り合《あ》ったりします。

「ダイちゃん、きみは、体《からだ》が大《おお》きくて、力《ちから》持《も》ちでいいなあ。ほんと、うらやましいんだ」

「チイちゃん、きみだって、その横縞《よこじま》のはかま、とてもよくにあっているじゃあない。いつもかっこういいと、思《おも》っているんだ」

〈はかま：殻斗《かくと》。47ページの「ドングリをちょっと知《し》ろう」を見《み》てね〉

「そうか！　ありがとう」

「ところで、ダイちゃん、きみ将来《しょうらい》、何《なに》になりたい？」

「そうだなあ……。ぼくさ、お相撲《すもう》さんになりたいんだ」

「そうか、それはいい、きみならきっと、横《よこ》綱《づな》になれるよ」

「だといいけど。その時《とき》には応援《おうえん》してくれよな。

ところで、チイちゃんは、何《なに》になりたい

の？」

「う〜ん。
　まだ決《き》まってないんだ」

〈少《すこ》し考《かんが》えてから、こう言《い》いました〉

「そうだなあ〜。そうだ！
　ぼくさ、いつもきみのそばに　いたいから
……きみの付《つ》き人《びと》になるよ」

「付《つき》き人《びと》に？　ほんとかよ！」

「がんばってくれな」

そんな話《はなし》をしながら、夜《よる》は、ふかふかな、太陽《たいよう》のにおいのする、かわいた落《お》ち葉《ば》の寝床《ねどこ》に、もぐりこむのでした。

九月《くがつ》のある日《ひ》、とてつもなく大《おお》きな台風《たいふう》が、やってきました。

森《もり》の樹々《きぎ》は、すさまじい音《おと》をたて、うなり始《はじ》めました。

荒《あ》れくるったあらしは、ちっぽけなぼくたちに、力《ちから》まかせに風《かぜ》や雨《あめ》をぶっけてきて、ダイちゃんに、しがみついていたぼくは、とうとう　吹《ふ》きとばされ、はなればなれになってしまいました。

夕《ゆう》べのあらしが、まるでうそだったかのような、おだやかな、どこまでも、つづく青《あお》い空《そら》。木《こ》の葉《は》は、キラキラと雨《あめ》のしずくを光《ひか》らせている。

地面《じめん》には　大《おお》きな水《みず》たまりが　広《ひろ》がり、そのまわりを、たたき落《お》とされた枝《えだ》と、葉《は》っぱが、うめつくしている。

いったい、ぼくは、今《いま》、どこにいるのか。

それすら、さっぱりわからない。

そんな中《なか》、小鳥《ことり》たちが、いそがしそうに、チュンチュン、ピーチク、パーチクと、とび回《まわ》り、落《お》ち葉《ば》を、ひっくり返《かえ》しては、虫《むし》をさがしている。

ぼくは、なすすべもなく、ただぼんやりとながめていた。

時《とき》には、かさなった落《お》ち葉《ば》を　手《て》あたりし

だいに、けり上《あ》げながら、歩《ある》き回《まわ》ってみたものの、さびしさは、つのるばかり。

「ダイちゃん、きみは、どこで何《なに》しているんだよ！　チイ、チイだよ！　会《あ》いたいよ！」

ぼくは、大声《おおごえ》で叫《さけ》んだ。

そんな時《とき》、野球帽《やきゅうぼう》をかぶった　三人《さんにん》の男《おとこ》の子《こ》たちが　楽《たの》しそうに　話《はな》しながら　通《とお》りかかった。その一人《ひとり》が、ぼくをヒョイと拾《ひろ》い上《あ》げ、指先《ゆびさき》で　ちょっとこすって　ポケットに　しまったのです。

ぼくは、はかまは少《すこ》しやぶれているものの、あざやかな色《いろ》のきれいなドングリです。

ポケットの中《なか》のぼくは、これから　どうなってしまうのか、不安《ふあん》なきょうふで　おびえた。

そのうち、男《おとこ》の子《こ》は、ポケットの中《なか》のぼくをやさしく　さすったり、ころがしたりして、遊《あそ》んでくれました。

ぼくは、だんだん気持《きも》ちがやわらいできて、もしかして、男《おとこ》の子《こ》と一緒《いっしょ》に、この森《もり》から出《で》られるかもしれないと　夢《ゆめ》をいだくようになりました。

そして、これから始《はじ》まるかもしれない、大冒険《だいぼうけん》を空想《くうそう》し始《はじ》めました。

まず飛行機《ひこうき》に乗《の》って、東京《とうきょう》に行《い》き、ドングリオリンピックを　観戦《かんせん》しよう。

夢《ゆめ》にまでみた、ディズニーランドにも行《い》き、パンダの赤《あか》ちゃん、シャンシャンにも　会《あ》いに行《い》こう。

それから、冬《ふゆ》の富士山《ふじさん》にのぼり、銀世界《ぎんせかい》をスキーで、いっきに、すべり降《お》りるんだ。

そして、超特急新幹線《ちょうとっきゅうしんかんせん》にも乗《の》って、日本《にほん》中《じゅう》を、旅《たび》するんだ。

このドングリは　なにかな??

②

③

(46ページに　こたえがあるよ)

ぼくの夢《ゆめ》は、どんどんふくらみ、こうふんしながら、ポケットの中《なか》で、はね回《まわ》っていました。

そんな時《とき》、ぼくを拾《ひろ》った男《おとこ》の子《こ》が、また同《おな》じようなドングリを拾《ひろ》い、そで口《ぐち》で　ちょっと　ぬぐいました。

それは、真《ま》新《あたら》しい、つややかな　美《うつく》しいドングリでした。

今度《こんど》は、大切《たいせつ》そうに、ティッシュに　つつ

んで　ポケットにしまった、かと思《おも》うと、か
わりに、ぼくをポケットからつまみ出《だ》し「ポ
イ」とすててしまいました。
それはないだろう、なんでまた。
ぼくは、全身《ぜんしん》の力《ちから》がぬけてしまい、へなへ
なと、すわりこんでしまいました。
ぼくの夢《ゆめ》は　すっかり消《き》え、むしょうに、
ダイちゃんに　会《あ》いたくなりました。

ぼくは、空《そら》に向《む》かって、

「ダイちゃん、ダイちゃん、聞《き》いてくれ！

くやしいんだ！」

声《こえ》をあげて、泣《な》きつづけました。

すると、指《ゆび》のあいだから、あふれ出《で》るなみだが、大《おお》きな緑《みどり》の葉《は》にたまり、それが水晶《すいしょう》玉《だま》のように大《おお》きくなりました。

このドングリは なにかな??

④ 

⑤ 

(46ページに こたえがあるよ)

どうでしょう！

その水晶玉《すいしょうだま》に　うつっていたのは、なんと横綱《よこづな》のまわしを　きりっとしめた、力士《りきし》の姿《すがた》でした。

〈まわし：力士《りきし》などが腰《こし》に巻《ま》く布《ぬの》〉

そこから、相撲《すもう》の放送《ほうそう》が　聞《き》こえてきました。

ひが〜あ〜し〜、横綱《よこづな》ダイ、沖縄那覇《おきなわなは》出身《しゅっしん》、たつき部屋《べや》。

「本日《ほんじつ》のむすびの一番《いちばん》であります」と呼《よ》び出《だ》しの声《こえ》が　聞《き》こえたのです。

「え～　ダイちゃん？　ほんとかよ！」

耳《みみ》をうたがったが、やっぱり　まちがいではなかった。

ぼくは、感動《かんどう》とうれしさで、顔《かお》がくしゃくしゃになるまで泣《な》いた。

ぼくは、今《いま》まで何《なに》していたんだ。

もう、負《ま》けてはいられない。

そうだ、小兵《こひょう》のお相撲《すもう》さんだって　いるんだ。

〈小兵《こひょう》：体《からだ》の小《ちい》さい人《ひと》〉

ぼくも　相撲取《すもうと》りになる。

そう決《き》めたぼくには、もうまよいはなかった。

「よしやるぞ！　ダイちゃん　見《み》ててくれ」
ぼくは　ふるいたった。

それからは、体重《たいじゅう》をふやしながら、技《わざ》をみがきました。
〈技《わざ》：相手《あいて》をまかす技術《ぎじゅつ》〉

きびしいけいこ　けいこの毎日《まいにち》ですが、決《けっ》してやめたいと　思《おも》ったことは、ありません

このドングリは なにかな??

⑥ 

⑦ 

(46ページに こたえがあるよ)

でした。

ぼくの目標《もくひょう》は、横綱《よこづな》ダイちゃんに、ちょうせん出来《でき》るところまで上《あ》がること。

今《いま》では、つらいと思《おも》いながらも、自分《じぶん》をはげまし、何《なん》としてもがんばろうという気持《きも》ちがわいてきて、番付《ばんづけ》も一歩《いっぽ》一歩《いっぽ》上《あ》がり、目《もく》標《ひょう》に近《ちか》づいてきました。

少《すこ》しずつ、筋肉《きんにく》も付《つ》き　まわしのよくにあう　かっこいい力士《りきし》となり、ファンレターも来《く》るようになりました。

技《わざ》がうまく決《き》まり、大型力士《おおがたりきし》を　たおした時《とき》の気分《きぶん》は、最高《さいこう》です。

そんなある日《ひ》、ぼくは、ゴルフ帰《がえ》りの　お相撲《すもう》さんに　ふまれて、土《つち》の中《なか》に押《お》しこめら

このドングリは なにかな??

⑧

(46ページに こたえがあるよ)

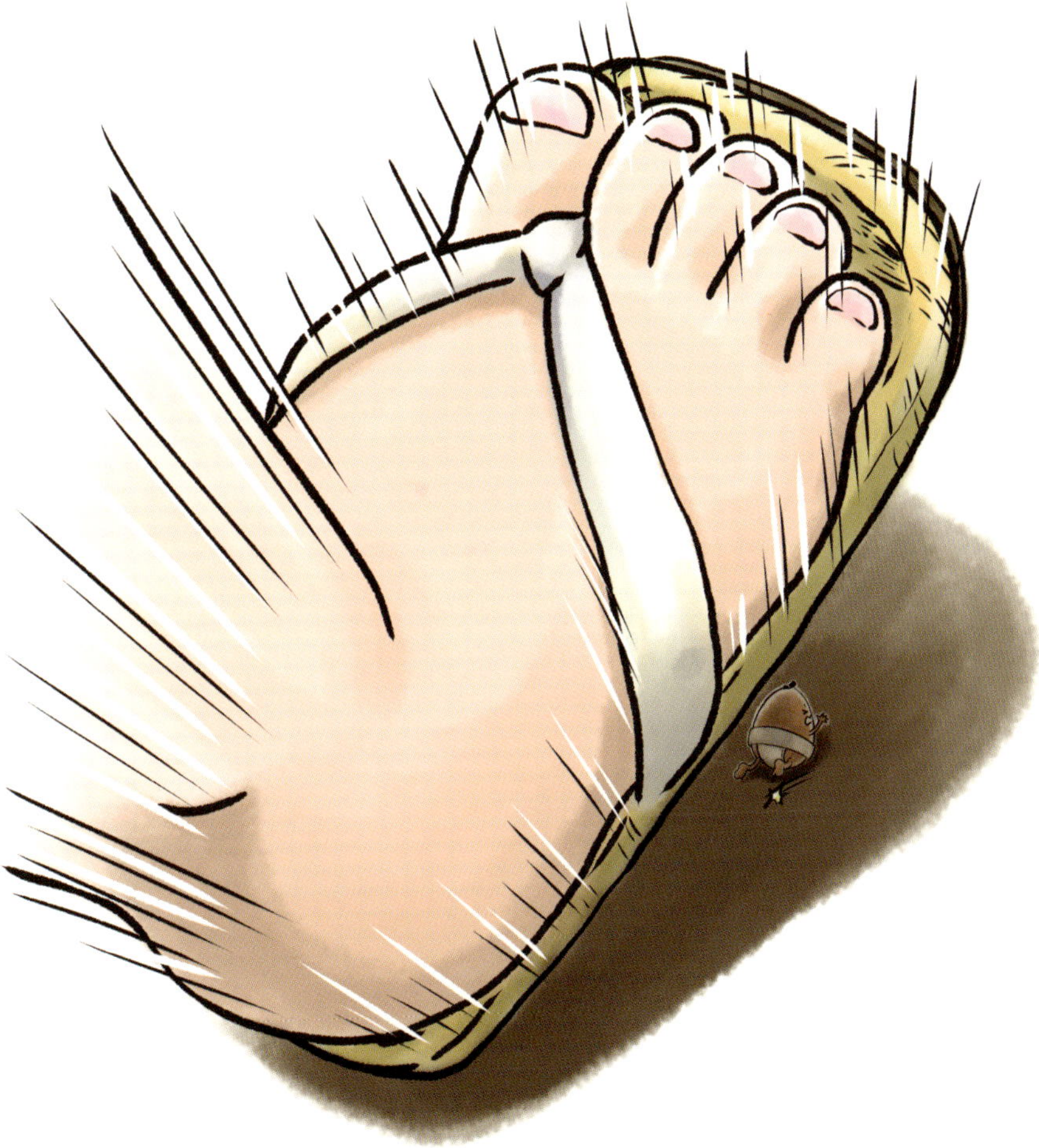

れてしまいました。
土《つち》の中《なか》は、あたたかく　そこには、ころころした虫《むし》や、糸《いと》のような、細長《ほそなが》い虫《むし》、米《こめ》つぶのような、小《ちい》さな虫《むし》など　へんてこな虫《むし》が、たくさんいました。

そんな中《なか》、ぼくは、ひたすら、しこをふみ・・・・てっぽうを　くり返《かえ》して　体力作《たいりょくづく》りをしながら　冬《ふゆ》を過《す》ごしました。

〈しこ：高《たか》く上《あ》げた足《あし》を力強《ちからづよ》くおろす動作《どうさ》〉
〈てっぽう：手《て》に力《ちから》をこめて、相手《あいて》を突《つ》きとばす動作《どうさ》〉

そうこうするうちに、からに異変《いへん》がおこり、最初《さいしょ》に小《ちい》さな根《ね》が、次《つぎ》に大《おお》きな根《ね》がにょきにょき出《で》てきて、ぐんぐん真下《ました》へとのびていきました。

このドングリは なにかな??

⑨

(46ページに こたえがあるよ)

そして、小《ちい》さな芽《め》も出《で》始《はじ》め、ぼくは、ねむりから、すっかりさめて、なんとも言《い》えない、ふしぎな感動《かんどう》に つつまれました。

これで、また地上《ちじょう》に、出《で》られるかもしれ

ない。

そして、本当《ほんとう》に、シラカシの樹《き》に　変身《へんしん》できると思《おも》った。

ぼくは、ふるいたち、しっかりと　体調《たいちょう》をととのえながら、その時《とき》を　待《ま》った。

そうです！　じきに、その時《とき》が、やって来《き》たのです。

「さあ今《いま》だ！」

このドングリは なにかな??

⑩

(46ページに こたえがあるよ)

思《おも》いきり、ジャンプし、地表《ちひょう》の上《うえ》を盛《も》り上《あ》げ、顔《かお》を出《だ》しました。

あたりは、もうすっかり春一色《はるいっしょく》です。

春《はる》のかおりを

すいこみながら、ゆっくりのびていきました。種々《しゅじゅ》の草《くさ》も、芽《め》ぶき始《はじ》め、やわらかな、黄《き》緑色《みどりいろ》の葉《は》を出《だ》しています。

ぼくは、さわやかな風《かぜ》を　はだで感《かん》じながら、あたたかい陽《ひ》をあびて、日《ひ》に日《ひ》に、ぐんぐんとのび、あたりを　見《み》わたせるまでに、成長《せいちょう》しました。

すると、どうでしょう！

そこで、芽《め》ぶいている、ダイちゃんを、見《み》つけたのです。

ぼくは、思《おも》わず「ダイちゃん！」と叫《さけ》び声《ごえ》をあげました。

すると、低《ひく》いやさしい声《こえ》が「チイちゃん！」と、こだましてきました。

おたがいに、思《おも》いきり枝《えだ》をのばし、ついに再会《さいかい》できたのです。

だき合《あ》い、なみだを流《なが》し　喜《よろこ》び合《あ》いました。

そして、はなればなれになって半年《はんとし》。忘《わす》れられない出来事《できごと》を、ゆっくり語《かた》り合《あ》いました。

樹々《きぎ》は、きそうように、枝《えだ》をのばし、昼間《ひるま》でも、ひんやりし、うす暗《ぐら》く、木《こ》もれ陽《び》が樹々《きぎ》の間《あいだ》から、しまもように、あらわれています。

そんな中《なか》、小鳥《ことり》たちは、ピーチク、パーチクと鳴《な》き、ハチは、チイチイと、羽音《はおと》をたて、チョウは、美《うつく》しい羽《はね》を　ひらひらとさせ、思《おも》い思《おも》いにとび回《まわ》り、この森《もり》を　満《まん》きつしてい

ます。

近《ちか》くの人《ひと》たちは、森林浴《しんりんよく》に、散歩《さんぽ》に、そして涼《すず》みに。

今日《きょう》も、子供《こども》たちは、虫《むし》かごをさげ、あみを持《も》って、虫取《むしと》りに来《き》ています。

季節《きせつ》を感じる森《もり》。

みんなに愛《あい》され、生活《せいかつ》の中《なか》にとけこんでい

る森《もり》。

こんなのどかな森《もり》を、ぼくたちは、りっぱな大樹《たいじゅ》になって、いつまでも　守《まも》っていこうと　ちかい合《あ》いました。

遠《とお》くの方《ほう》から、ブルドーザーやダンプカーの音《おと》が毎日《まいにち》聞《き》こえてきます。

「この森《もり》が　いつまでも　このままであることを　願《ねが》いながら」

今《いま》も、夏《なつ》をおしむかのように、やかましいほどに、きそい合《あ》って鳴《な》くセミの声《こえ》が、森《もり》いっぱいに、ひびいています。

おわり

ドングリをちょっと知ろう

キーホルダー　人形　コマ

ドングリのいろいろ

①シラカシ

②オキナワウラジロガシ

③ミズナラ

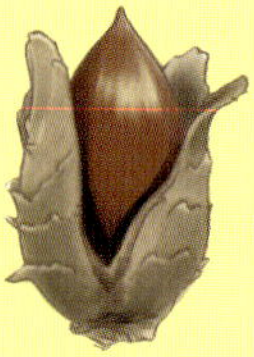
④スダジイ

⑤クリ

⑥クヌギ

⑦イチイガシ

⑧コナラ

⑨マテバシイ

⑩カシワ

ドングリをちょっと知ろう

沖縄裏白樫《オキナワウラジロガシ》

ダイちゃん

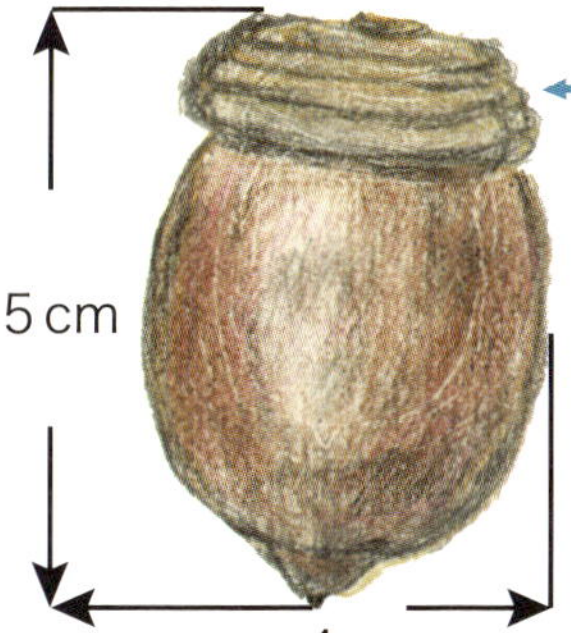

ベレー帽に
見えるね
日本一大きな
ドングリ

［2年成］

白樫《シラカシ》

チイちゃん

殻斗は
よこしま状

［1年成］

【1年成】 1年間で花から実に成長するもの
【2年成】 2年間で花から実に成長するもの

殻斗《カクト》

おわんのような
形をしています
実を守っています

上にすると
帽子

下にすると
パンツ
に見えるね

実の中の子葉に蓄えられた
養分で根がどんどん成長し
秋のうちに外にのびた根は
重力によって
真下にのびていきます

春になって
葉を出します

くり

ぼくも
ドングリの
なかまさ

［葉のおもて］ ［葉のうら］

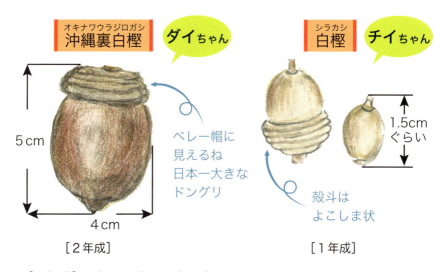

あとがき

森の中を落葉を踏みながら歩いていると、そこに沢山のドングリが落ちているのが目に留まりました。
その一つを拾い上げ、指先でこすりながらよく見つめるとなかなか良く出来ています。
立派な芸術作品である。

こんな沢山のドングリの中で発芽出来るのは、いくつあるのかと思いながら、厳しい現実の中で、幸運にも育っていくドングリの夢と希望をいだきながらこの『なかよしドングリ』を書いてみました。

さなだ　せつこ

さなだ　せつこ（真田　節子）

横浜生まれ葛飾区在住。加古里子（かこ　さとし）先生の数々の素晴らしい作品に出合い、童話、絵本に興味を持つ。『海の冒険旅行』など、特に幼児や猫にまつわる作品を執筆中。著書に『かおまるくんのダイエット』（東京図書出版）がある。

なかよしドングリ

2018年12月25日　初版第1刷発行

著　者　さなだ せつこ
発行者　中 田 典 昭
発行所　東京図書出版
発売元　株式会社 リフレ出版
〒113-0021　東京都文京区本駒込 3-10-4
電話（03）3823-9171　FAX 0120-41-8080
印　刷　株式会社 ブレイン

ISBN978-4-86641-200-9 C8093
Printed in Japan 2018
落丁・乱丁はお取替えいたします。

ご意見、ご感想をお寄せ下さい。

［宛先］〒113-0021　東京都文京区本駒込 3-10-4
東京図書出版